POÉSIES
DIVERSES,

PAR

ÉDOUARD CHRÉTIEN.

JANVIER 1840.

BAYEUX,
IMPRIMERIE DE LÉON NICOLLE,
RUE SAINT JEAN, 27.

POÉSIES DIVERSES

PAR

ÉDOUARD CHRÉTIEN.

POÉSIES

DIVERSES,

PAR

ÉDOUARD CHRÉTIEN,

AVOCAT A CAEN,

DOMICILIÉ A VACOGNES.

JANVIER 1840.

BAYEUX,

IMPRIMERIE DE LÉON NICOLLE,

RUE SAINT-JEAN, 27.

LE CHIMISTE.

LE CHIMISTE.

Je marche à la lueur du flambeau de l'étude,
Et parcours du désert l'immense solitude.
Le lion déposant son sceptre devant moi,
La nature étonnée a reconnu son roi [1] !
Tout vient payer tribut à ma science sublime :
Jusqu'au fond des volcans j'interroge l'abîme.
A l'aigle disputant le domaine des airs,
Je vais du haut des cieux contempler l'univers!

Oui, dirigeant mon vol vers le flambeau du monde,
Dans l'océan des airs je vais jeter ma sonde[2].
Puis, parcourant sans peur l'immensité des mers,
D'un regard assuré j'embrasse l'univers!
Lorsque du monde, enfin, je touche la limite[3],
Je voudrais dépasser la distance prescrite;
Mais à l'homme Dieu dit : Arrête ici tes pas;
La mort seule répond dans ces affreux climats.
Partant de mon flacon, l'étincelle électrique
Donne le mouvement au corps paralytique.
Combinant des poisons préparés par ma main,
Je compose un breuvage utile au genre humain.
Dans les mains du guerrier déposant mon tonnerre,
Sous ses terribles coups il fait trembler la terre;
D'une bouche d'airain qui vomit le trépas,
Le salpêtre enflammé s'échappe avec fracas.
Tantôt semant les airs de mes beaux feux magiques,
J'offre à l'œil enchanté des palais magnifiques[4]:
De ce feu rien ne peut égaler la beauté,
Et rival du soleil, il en a la clarté!
A ma puissante voix le cadavre s'agite[5].
L'Éternel, oui, lui seul, me pose une limite!
J'arrache à Jupiter la foudre de ses mains,
Et la fais éclater aux regards des humains[6]!

Ici tout est soumis à ma vaste puissance.
J'enlève au nautonnier sa dernière espérance :
Mon redoutable feu se nourrissant dans l'eau,
D'une profonde mer fait un vaste tombeau [7].
Je réunis les corps, ensuite les divise :
Tout est dans mon creuset soumis à l'analyse.
Et, sondant la nature en ses replis secrets,
Mon Dieu semble m'avoir révélé ses décrets!
Mais le crime se place à côté du génie,
Et, malgré moi, souvent je sers son infamie ;
Le fer et le poison secondant ses fureurs,
Aux malheureux humains ont coûté bien des pleurs.

NOTES.

---

[1] Si l'homme n'avait point d'armes, les animaux féroces, loin de fuir devant lui en reconnaissant sa supériorité, viendraient le dévorer. Il doit ses armes à la chimie, puisque fabriquer la poudre et extraire le fer du minerai sont des opérations chimiques : sans cette science les animaux ne reconnaîtraient donc point la supériorité de l'homme.

[2] Sans la chimie le ballon ne s'élèverait pas dans les airs.

[3] Quoique la terre soit ronde. et ne puisse par conséquent avoir de limite, cependant on appelle *limite de la terre* l'espace que l'homme ne peut franchir.

[4] Avec le feu d'artifice on représente des palais de feu. Ce feu appartient à la physique, mais étant composé de produits chimiques, nous le devons à la chimie.

[5] En employant le galvanisme, on obtient des mouvements d'un cadavre.

[6] Dans un jour d'orage, on peut par un procédé chimique faire tomber la foudre.

[7] Les Grecs du moyen âge inventèrent le feu grégeois qui brûle dans l'eau.

Afin de donner la preuve que je n'ai rien emprunté de Le Mière, qui a traité ce sujet dans son poëme *De la Peinture*, je reproduis le passage où ce poëte a parlé de la chimie :

Il fallut séparer, il fallut réunir :
Le peintre à son secours te vit alors venir,
Science souveraine, *ô Circé bienfaisante* * !
Qui sur l'être animé, le métal et la plante,
Règnes depuis Hermès, trois sceptres dans la main ;
Tu soumets la nature et fouilles dans son sein ;
Interroges l'insecte, observes le fossile ;
Divises par atomes et repétris l'argile ;
Recueilles tant d'esprits, de principes, de sels **,
Du corps que tu dissous, moteurs universels ;

* Le poete aurait dû choisir une autre comparaison ; car *Circé*, à laquelle il donne l'épithète de *bienfaisante*, empoisonna le roi des Sarmates, son mari. Ce crime la rendit si odieuse à ses sujets, qu'ils la forcèrent à prendre la fuite.

** Cette phrase est incorrecte.

Distilles sur la flamme en philtres salutaires
Le suc de la ciguë et le sang des vipères;
Par un subtil agent réunis les métaux,
Dénatures leur être au creux de tes fourneaux;
Du mélange et du choc des sucs antipathiques *
Fais sortir quelquefois des tonnerres magiques;
Imites le volcan qui mugit vers Enna,
Quand Typhon, s'agitant sous le poids de l'Etna,
Par la cime du mont qui le retient à peine,
Lance au ciel des rochers noircis par son haleine.

* On peut obtenir quelque chose d'un mélange, mais on n'en fait rien sortir. Les sucs ne se choquent point.

Quoique ce morceau ait été choisi par MM. Noël et de La Place, pour faire partie d'un recueil qu'ils ont intitulé : *Recueil des plus beaux morceaux de notre langue,* je pense que les observations qui précèdent sont fondées.

A LA BRANCHE AINÉE

DES BOURBONS.

OCTOBRE 18[illegible].

A LA BRANCHE AINÉE DES BOURBONS.

ODE.

Heu fortuna! . . . .
. . . . . ut semper gaudes illudere rebus
Humanis! . . . .

HORACE.

Vieillard infortuné qui, loin de ta patrie,
De climats en climats traîne ta triste vie,
D'une fidèle voix écoute les accents :
Ce n'est point un flatteur qui fait fumer l'encens.
Oh ! devant ton malheur, moi, j'incline la tête,
Et, pour le crime heureux, j'invoque la tempête.

Sur ton front sont empreints soixante ans de malheurs
Que n'effaça jamais le torrent de tes pleurs.
Sous le fer du bourreau tu vis tomber ton frère;
Du jour Louvel te fit détester la lumière :
Il ira, ton malheur, par le crime enfanté,
Retentir loin de nous dans la postérité.

La révolution, dans sa course sanglante,
A son horrible char attacha l'épouvante;
Et des sillons nouveaux, dans le champ des forfaits,
Furent encor tracés par la main des Français :
Oui, le crime marqua son terrible passage
En léguant à l'histoire une sanglante page.

Louis-Seize, Antoinette, et toi fils du malheur [1],
Vous vites ici bas et bourreaux et douleur :
Les monstres! ils jouaient avec votre agonie,
En voyant par degrés s'épuiser votre vie!
Par d'horribles tourments préparant votre mort,
De vos cris de douleur ils jouissaient encor [2].

Charles, dans l'univers tu n'as vu que le crime,
Et l'assassin qui semble y flairer sa victime.
Quand, de tes longs malheurs déposant le fardeau,
Tu toucheras, enfin, à la paix du tombeau,
Alors, regarde bien, vois-nous tels que nous sommes,
Et tu diras : Mes yeux ont assez vu les hommes.

Ils t'ont chassé d'un trône entouré d'étendards[3];
Ils auraient dû, Français, lui servir de remparts.
En goûtant le repos sous l'abri de la Gloire
Tu gardes de la France une triste mémoire.
Banni de ta patrie, oh! tu nous plains encor
En nous voyant errer sur une mer sans port.

La femme des douleurs, échappée à leur rage[4],
De toutes les vertus est la vivante image.
De ses affreux malheurs si son triste pinceau
Traçait à nos regards le sinistre tableau,
Aux beaux noms de Louis, de Marie-Antoinette,
Ses pleurs inonderaient sa tragique palette.

Honneur à toi, héros, femme au cœur de lion,
Que pour de l'or livra l'infâme trahison!
Le vendeur, l'acheteur, de leur coupable vie,
A la postérité lègueront l'infamie :
Et la femme-soldat, couverte de lauriers,
Servira de modèle aux plus vaillants guerriers.

Dans un frêle vaisseau qu'agitait la tempête,
Et sous un ciel de feu, la foudre sur la tête,
Elle dit en riant de la fureur des flots :
GÉNÉRAL! C'EST ICI QUE FINISSENT NOS MAUX[5]!!!
Ce mot seul suffirait pour illustrer sa vie :
C'est digne d'un Romain mourant pour la patrie.

De la guerre civile embouchant le clairon,
Caroline apparut et l'on maudit son nom :
C'est ainsi que parla l'infâme calomnie.
Non : la fille des rois venait mettre sa vie
Entre le camp Français et les hordes du Nord
Qui relevaient la tête et menaçaient encor[6].

Et toi, jeune mortel battu par les orages,
Dont le brillant berceau fut entouré d'hommages,
Du malheur aujourd'hui tu portes le fardeau ;
Sous le ciel de l'exil on te creuse un tombeau.
Moi, dans la nuit des temps je cherche ton étoile ;
L'incertain avenir la couvre de son voile.

Sans pénétrer de Dieu les éternels desseins,
S'il t'appelle à régner sur les tristes humains,
Oh ! souviens-toi qu'un roi doit être un tendre père
A qui le peuple a droit d'exposer sa misère ;
Qu'il doit justice à tous. Henri, rappelle-toi
Que du pouvoir des rois la limite est la loi.

NOTES.

---

[1] Le Dauphin.

[2] Le Dauphin mourut dans la prison, des tortures qu'on exerça sur lui. Le Roi et la Reine y éprouvèrent toutes les humiliations.

[3] Les drapeaux pris en Espagne, à Navarin et en Afrique.

[4] Madame la duchesse d'Angoulême.

[5] Lorsque madame la duchesse de Berri fut conduite à Blaye, la mer devint tellement furieuse que le général et tout l'équipage furent effrayés. Madame la duchess seule resta calme, et adressa ce mot sublime au général, en lui montrant la mer prête à engloutir le vaisseau.

[6] Lorsque madame la duchesse de Berri débarqua sur les côtes de la Vendée, on pensait généralement que les puissances du Nord étaient sur le point de déclarer la guerre à la France, dans le but, disait-on, de mettre le duc de Bordeaux sur le trône. Madame la duchesse, qui en était convaincue elle-même, forma le projet de venir se présenter à l'armée française, pour annoncer aux puissances que jamais les étrangers ne poseraient la couronne sur la tête de son fils, qu'aux Français seuls elle reconnaissait ce droit. Si les puissances eussent insisté, alors madame la duchesse de Berri aurait marché contre elles à la tête de l'armée française.

RÉPONSE

A LA PIÈCE DE VERS DE M. BARTHÉLEMY

INTITULÉE

AUX CARLISTES.

Mon but, en réfutant la pièce de vers de M. Barthélemy, a été de venger un parti honorable sur lequel il a versé le poison de la plus odieuse calomnie ; puis, j'ai voulu flétrir celui qui, après avoir cherché à ternir l'éclat dont la vertu est environnée, a jeté des fleurs sur le sanglant passage du crime. J'avouerai que j'ai été flatté de trouver l'occasion de me mesurer avec ce frère en Apollon. Je ne pouvais l'aborder sur un terrain plus égal. M. Barthélemy a attaqué le parti auquel j'appartiens; moi, je l'ai défendu. Si j'avais connu plus tôt cette pièce de vers, il ne se serait pas écoulé un si long espace de temps entre l'attaque et la défense. J'ai combattu loyalement : lorsque j'ai été forcé, par la nature de mon sujet, de parler de ces hommes qui, après avoir jeté sur leur patrie un si brillant reflet de gloire, ont été appelés à rendre un compte sévère des torts qu'on avait à leur reprocher, je n'ai pas eu pour eux une seule parole amère. J'ai fait la part de l'humanité : je sais qu'il est des circonstances difficiles où l'homme d'honneur, se trouvant entraîné par ses affections les plus chères, vient se briser contre l'écueil. Moi, M. Barthélemy, je ne joue point avec la tête de l'honnête homme tombée sur l'échafaud, qu'elle parte du tronc d'un monarque ou d'un soldat.

Ma muse n'a cessé d'être courtoise qu'à l'égard de ceux qui n'ont aucun droit à la politesse. Je veux que tout homme de bien, quelque soit la bannière politique sous laquelle il marche, vienne, après avoir lu mes vers, serrer la main du poëte.

JUIN 1836.

RÉPONSE

A LA PIÈCE DE VERS DE M. BARTHÉLEMY

INTITULÉE

AUX CARLISTES[1].

Facit indignatio versum.
JUVÉNAL.

Eh quoi! Barthélemy, ta plume envenimée
A distillé ton fiel sur notre renommée!
Nous avons, tu l'as dit, déserté le drapeau
De notre souverain marchant vers l'échafaud!
Tu n'as donc jamais lu ces pages de l'histoire
Qui, de Paris sanglant faisant briller la gloire,

Offrent à nos regards des légions sans peur
Marchant contre le crime en bravant sa fureur[2] ?
Et la garde du roi, dis-moi, que faisait-elle ?
A son drapeau sans tache elle restait fidèle :
Ces valeureux soldats à leur poste sont morts ;
Ils faisaient à Louis un rempart de leurs corps.
Du Louvre les degrés furent leurs Thermopyles !
Et ces héros, martyrs, allaient fiers et tranquilles
A la postérité qui recueillit leurs noms !
Vous, féroces enfants des révolutions,
Vous, monstres du dix août, que Dieu dans sa colère,
Jeta comme un fléau pour désoler la terre,
Oh ! vous étiez vaincus dans ce jour de malheur,
Si Louis n'eût des siens arrêté la valeur[3].
Ils obéirent tous : sans sauver la patrie,
En déposant le glaive ils perdirent la vie.
S'enivrant de forfaits, les lâches assassins,
De leurs corps déchirés firent d'affreux festins !
Ces tigres ont mangé de leur chair palpitante[4] !!!
De l'histoire arrachons cette page sanglante.
Crimes ! voilà le fruit des révolutions.

Le soleil de juillet, en dardant ses rayons

Sur les vaillants soldats de la garde royale,
Éclaira leur valeur à cette heure fatale
Où des hommes armés contre toutes les lois,
Voulaient assassiner le plus juste des rois [5].
Si, lorsque descendus dans la sanglante arène,
Ces héros, sur lesquels vient s'épuiser ta haine,
N'eussent tous épargné le sang impur des tiens,
Ils seraient retranchés du nombre des humains [6].
Le mortel vertueux fut toujours ta victime;
Quand tu brûles l'encens c'est en honneur du crime.
Donnant cours à ton fiel, dis que Napoléon
Fut livré par les siens à la fière Albion.
Pour guide, moi qui suis toujours ma conscience,
Je te dirai, placé sous sa noble influence,
Qu'il est des jours marqués par la main du destin,
Que ne pourrait changer aucun pouvoir humain.
Tu parles de mortels resplendissants de gloire [7],
Qui furent couronnés des mains de la victoire :
Ils sont, dis-tu, tombés sous un fer assassin,
Et c'est nous qui l'avons enfoncé dans leur sein.
Oh! ne crois pas que pour justifier notre vie,
Et repousser le trait de cette calomnie,
Je cherche, moi, Français, à flétrir les lauriers
Cueillis au champ d'honneur par ces vaillants guerriers.

C'est là, sur leurs tombeaux, que veille la victoire.
Des héros, elle dit, je défends la mémoire ;
Je respecte leur cendre ; on n'entendra jamais
De leur dernier sommeil ma voix troubler la paix.
Pour moi c'est un malheur quand la place publique
Vient offrir à mes yeux l'échafaud politique[8].
Ils ont payé bien cher leurs erreurs et leurs torts :
Qu'ils reposent en paix dans le séjour des morts.

Eh quoi ! Barthélemy, tu forges des libelles,
Et lance ton venin sur des pages si belles !
De la fidélité déchirant les héros,
De ces fiers Vendéens tu fouilles les tombeaux !
De la veuve et du fils la douleur dévorante
Fut toujours l'aliment de ta verve sanglante.
Larochejacquelein, fougueux dans les combats,
Reçut le nom d'Achille et marcha sur ses pas.
Lescure moins bouillant, calme dans son courage,
Du grand Turenne offrait la plus fidèle image.
Comme un nouveau Condé, Bonchamps fut admiré ;
Par ce vaste génie il semblait inspiré[9].
Le sang de ces héros coula dans vingt batailles.
Dis-moi donc, sont-ce là *tes géants de broussailles*[10] ?

Les soldats vendéens, pour prendre vos canons,
Réponds-moi, qu'avaient-ils? ils avaient... des bâtons[11] !
En sabots ou pieds nus, ils gagnaient des batailles!!!
Et voilà tes géants, tes géants de broussailles!
Du séjour de la mort, vil calomniateur,
S'ils entendaient ta voix, ils frémiraient d'horreur!
Célébrant dans tes chants le limon de la France,
Sur de nobles malheurs ta main coupable lance
Des traits que tu trempas dans la fange et le fiel.
Tu ne tournas jamais tes regards vers le ciel;
Et pour toi la vertu fut toujours une proie
Que tu mis en lambeaux. Dans ta cruelle joie
Déchirant l'innocence, honorant les forfaits,
Les larmes du malheur, tu les bois à longs traits.
Tu laissas dégoutter l'écume de ta rage
Sur ce royal enfant qui n'eut pour héritage
Que le malheur des siens; qui, proscrit au berceau,
Partout cherche en pleurant où sera son tombeau[12].

Voyons donc ces héros que juillet fit éclore;
De leur gloire cherchons l'éblouissante aurore.
Dis-nous combien Toulon et Brest en ont fourni?
Du crime le dépôt se trouva dégarni[13].

L'assassin, dans ces jours de mémoire fatale,
Semblait surgir au sein de notre capitale.
Des hommes réclamés par la voix du bourreau,
Et que la mort ne doit frapper qu'à l'échafaud,
S'embusquant lâchement derrière les murailles,
De nos vaillants soldats déchiraient les entrailles.
Ces hommes à forfaits, tu les nommas héros!
Oui, voilà tes géants, tes géants de cachots!
La marque sur l'épaule et s'échappant du bagne,
Ils firent dans Paris leur première campagne;
Et la croix de juillet que le crime enfanta,
Fut mise sur leur sein par nos hommes d'état.
Ils étaient animés par l'espoir du pillage :
C'est de tes vils forbans l'aliment du courage.
Ces cruels ennemis de tout le genre humain
Furent toujours armés du fer de l'assassin.
Où sont dont ces héros qui, dans les jours de crimes,
Insultaient par des chants leurs mourantes victimes,
Et qui du sang royal étaient tous altérés?
Poussière du néant, ils dorment ignorés.
Barthélemy, des tiens continuant l'histoire,
Je veux de leurs exploits faire briller la gloire.
Te souvient-il encor, lorsque dans Transnonain
On vit couler à flots le sang républicain?

Là, l'enfant égorgé dans les bras de sa mère,
Tombait en expirant sur le corps de son père!
Dites! que faisiez-vous dans ce jour de douleur?
Vous brûliez votre encens sur l'autel de la peur.
Quand des vôtres Lyon a sonné l'agonie,
Ce son réveilla-t-il votre ardeur endormie?
Oh! non; pour vos amis qui mouraient en géants,
Vœux et soupirs étaient vos efforts impuissants:
Et pourtant votre bras secondant leur vaillance,
Du destin eût pour vous fait pencher la balance;
Si vous eussiez sonné la cloche du tocsin
On aurait vu trembler notre roi citoyen[14].
L'oiseau des basses-cours[15] accroupi dans la fange[16],
Qui tremble au sifflement d'un boulet qu'on échange[17],
Dans sa cage eût rentré: le bonnet phrygien
Eût de nouveau coiffé l'arbre républicain.
Quand des tiens Saint-Méry vit flotter la bannière,
Avez-vous fait entendre un noble cri de guerre?
Non, vous étiez tremblants au fond de vos caveaux,
Tandis que de leurs corps on faisait des lambeaux.
Par le czar moscovite elle fut dévorée,
Celle dont la valeur est partout admirée,
Celle qui de son sang arrosant nos drapeaux,
Partagea nos lauriers, ainsi que nos tombeaux!

Vous avez, l'arme au bras, vu sa longue agonie :
Oui!... sans faire un seul pas vers cette autre patrie!
Vous qui de la Pologne aviez armé le bras,
Elle ne vous vit point à l'heure des combats!
Vous entendiez ses cris et son canon d'alarme ;
Elle voulait du sang... elle n'eut qu'une larme!
Devant les Polonais, fléchissant les genoux,
Honteux, écriez-vous : Frères, pardonnez-nous!
Voilà de tes héros les vertus et la gloire :
J'ai sali mon papier par leur ignoble histoire.
De tes vaillants soldats, vient nous vanter encor
Les mains qui frappent bien, les cœurs qui battent fort[18].

Voyons, Barthélemy, ton noble caractère;
Ce que tu veux pour faire ou la paix ou la guerre.
Ces hommes du pouvoir, dont tu fais des Catons,
Sur l'infamant poteau tu burinas leurs noms.
Des fiers républicains la douleur accablante[19]
Se calmait aux accents de ta voix foudroyante;
Par toi leurs ennemis étaient mis en lambeaux[20] :
Tu lèches aujourd'hui la main de leurs bourreaux!
Ton front... tu l'as marqué du sceau de l'infamie
En vendant à l'encan bassement ton génie.

Lorsque Plutus, ton Dieu, te fait rimer encor,
J'entends alors le bruit du coin tombant sur l'or.
Pour moi, Barthélemy, la voici, ma devise :
Oui, toute opinion honorable est permise;
Et toujours mon encens fumera pour l'honneur,
De son brillant drapeau qu'importe la couleur.
Contre le crime seul je dirige mon glaive,
Et je combats toujours sans accorder de trève.
Vous, de la république intrépides soutiens;
Vous qui vous affublez du manteau des Romains,
Et vers la liberté, dans votre indépendance,
D'un pas ferme et hardi marchez avec vaillance,
J'ai pour vous une larme en songeant à vos maux;
Et dans de vieux amis vous trouvez des bourreaux!
Sous le même étendard vous combattiez naguère;
Mais ils ont lâchement déserté leur bannière.
Et vous, du champ d'honneur fiers et nobles débris,
Vous qui du nom français, dans de lointains pays,
Avez fait admirer la splendeur et la gloire,
Vous êtes tous inscrits au temple de mémoire :
C'est avec votre sang que vos noms sont gravés!
Nos plus fiers ennemis, vous les avez bravés :
Et l'aigle impériale, en sa course rapide,
Volait à la victoire et vous servait de guide.

Vous fûtes dignes tous de ce mortel heureux
Qui, le glaive à la main, dit : Voilà mes aïeux !!!
Dans toutes les cités de l'Europe alarmée
Elle empreignit ses pas, notre intrépide armée :
Aux potentats du Nord elle dicta des lois.
Napoléon-le-Grand fut le parrain des rois[21] !!!
Cet homme du destin, qu'enfanta la victoire[22],
Nous a tous éblouis de l'éclat de sa gloire :
Et, marchant l'œil fixé sur la postérité,
Il suivit le chemin de l'immortalité !
Ses fières légions à sa voix accourues
L'ont vu pendant vingt ans la tête dans les nues !
Et son aigle planant sur le palais des czars[23],
Prit son vol d'aussi haut que celles des Césars !
De ce vaillant mortel je ne vois que la gloire,
Et de tous ses hauts faits je garde la mémoire.
Les monarques tremblaient au seul bruit de ses pas !
Les païens l'auraient pris pour le dieu des combats !!!
Sous le ciel de l'exil, bien loin de sa patrie,
Enfin il termina sa glorieuse vie ;
Mais dans l'éternité quand la mort le jeta,
Pour les siècles futurs sa mémoire resta[24] !

Barthélemy, tu vois, à tous je rends justice;
Et si ma voix pour toi devient accusatrice,
C'est que rimant toujours guidé par ta fureur,
Tu verse ton poison jusque sur le malheur.
Outrageant dans tes chants la vertu sans défense,
J'ai senti dans mon cœur bouillonner la vengeance.
Quand je vois un Judas, n'importe dans quels rangs,
Pour lui je n'ai jamais d'outrages trop sanglants.
Tu n'as plus de drapeau, tu vendis ta bannière :
Je t'abandonne enfin, poëte mercenaire;
Et puisse le remords, pénétrant dans ton cœur,
De sa terrible voix y rappeler l'honneur!
Moi, valeureux marin, je fais face à l'orage;
Aux vaisseaux du pouvoir je ne rends point hommage[25] :
Mon pavillon sans tache est cloué sur le mât,
Et toujours on le voit à l'heure du combat.
Là, sur mon banc de quart, je défends l'infortune[26],
Et je vois sans pâlir la fureur de Neptune.
Bercé par la tempête et voguant loin du port,
Sur la mer en courroux je suis calme à mon bord.

NOTES.

---

1 La pièce de vers de M. Barthélemy se touve dans son recueil intitulé : *Némésis.*

2 « Les sections de grenadiers des Filles-Saint-Thomas et des Petits-
« Pères, combattirent pour le roi. »

3 « L'insurrection était repoussée sur tous les points, lorsque Louis XVI,
« pour arrêter l'effusion du sang, ordonna à sa garde, ainsi qu'aux sec-
« tions de grenadiers des Filles-Saint-Thomas et des Petits-Pères, de
« cesser le feu et de mettre bas les armes. Le roi pensait satisfaire par
« là les assaillants : il ne croyait pas à tant de lâcheté et de férocité.
« Ils assassinèrent jusqu'au dernier des défenseurs du trône.

4 « Il y eut des cannibales qui mangèrent de leurs victimes » (Les notes 2, 3 et celle-ci sont extraites du récit de la journée du Dix-Août. — *Histoire de France, par Lacretelle*, t. 9, p. 195 et suivantes).

5 Ces deux vers ne sont point applicables aux personnes qui ont fait et dirigé la révolution de Juillet, puisque Charles X et la famille royale furent protégés jusqu'au lieu où ils s'embarquèrent : ils ne frappent que sur ces misérables qui commettent les plus grands crimes pour trouver l'occasion d'exercer leurs brigandages.

6 Pendant la première journée, la Garde faisait feu à poudre seulement, ce qui donna le temps à l'insurrection de s'accroître.

7 Ney, Labédoyère, etc.

8 Il est évident que ces deux vers ne sont point applicables à Louvel, Fieschi et leurs semblables.

9 « Lescure était le Turenne de l'armée vendéenne ; Bonchamps en « était le Condé. Les officiers républicains donnaient eux-mêmes à La- « rochejacquelein le surnom d'Achille. » (*Même histoire*, t. 11, p. 36.)

10 C'est ainsi que M. Barthélemy appelle les Vendéens.

11 « Ce fut le 9 juin que la ville de Saumur fut attaquée. La victoire « fut long-temps indécise. Les généraux habiles et les corps disciplinés « parmi les Républicains réparaient de leur mieux l'ineptie et la lâcheté « des brigands sortis des fanges de la révolution. Le camp qu'ils occu- « paient au dehors de la ville, était fortement retranché. Larochejacque- « lein se présente l'œil ardent ; il jette son chapeau par delà le fossé : « *Qui va me le chercher?* s'écrie-t-il, et il s'élance le premier. Une foule « de paysans le suivent. Lescure blessé au bras combattait toujours, en « disant : *Ce n'est rien, ces gens-là savent mal tirer*. Stofflet, Fleuriot, « Desessarts attaquaient de front le château de Saumur. Les Vendéens « avaient plus que jamais recours à leur sublime et peu savante ma- « nœuvre ; pour prendre les canons des ennemis, ils s'élançaient un bâ- « ton à la main, et au pas de course ; leur seule précaution était de se

« jeter ventre à terre au moment de la décharge, puis, d'un bond plus « impétueux, ils sautaient à cheval sur les pièces, tandis que d'autres « exterminaient les canoniers. Les Vendéens remportèrent la victoire et « prirent quatre-vingts pièces de canon.

« Les Vendéens renvoyaient les prisonniers sous la condition trop « illusoire de ne plus porter les armes contre les Royalistes : tandis que « les Républicains fusillaient les prisonniers qu'ils faisaient. »

En parlant de la Vendée : « L'une des plus héroïques entreprises dont « nos annales soient illustrées.

« Ce qu'il y a de plus admirable dans les héros de la Vendée, etc.

« La Vendée restera toujours la même dans toutes les épreuves de sa « fortune. Dans une lutte terrible où l'Europe toute entière sera enga- « gée, on ne verra nulle part de champ de bataille aussi glorieux. » (Même vol., p. 31. 32, 33, 37 et 40.)

12 Voyez dans le recueil intitulé : *Némésis*, la pièce de vers adressée à M. de Châteaubriand.

13 Les prisons furent ouvertes.

14 Si, lorsque les troubles de Lyon ont éclaté, ceux qui se disent républicains se fussent insurgés dans toutes les parties du royaume, le gouvernement eût été en danger; c'est donc avec raison que Louis-Philippe eût été effrayé.

15 Buffon appelle le coq le roi des basses-cours.

16 Les différents ministères qui, depuis la révolution de juillet, ont pesé sur la France, doivent seuls être accusés d'avoir placé le coq gaulois dans cette position.

17 Ce vers m'a été inspiré par la conduite de nos chambres législatives à l'égard du message du président Jackson.

18 Vers de M. Barthélemy.

19 Je ne confonds pas avec M. Barthélemy et ses semblables, ainsi que je vais le prouver plus bas, l'homme honnête et courageux qui

pense que le gouvernement républicain peut seul faire le bonheur de son pays.

20 Voyez le recueil intitulé : *Némésis.*

21 Napoléon nomma les rois d'Espagne, de Hollande, de Naples, de Westphalie, etc. L'empereur d'Autriche et le roi de Prusse furent à sa discrétion.

22 On dit que Napoléon croyait au destin.

23 Si l'on me renvoie au dénoûment, je dirai qu'il fallut pour vaincre Napoléon, l'hiver rigoureux qui occasionna la déroute de Moscou : je dirai encore que l'Europe coalisée fut obligée de contracter une honteuse alliance avec la trahison.

24 Quoique je fasse l'éloge du vaste génie de Napoléon, je pense qu'il est à désirer que la nature soit avare de ces grands hommes qu'on appelle conquérants ; car ils laissent toujours après eux de longues traces de sang.

25 On rend hommage à un vaisseau en le saluant.

26 Pendant le combat, celui qui commande le vaisseau est au banc de quart.

Dans les divers sujets que j'ai traités, je me suis toujours montré rigide observateur de la loi qui place le chef de l'état en dehors des discussions politiques.

OBSERVATIONS

SUR LE STYLE DE LA PIÈCE DE VERS

DE M. BARTHÉLEMY.

Surtout qu'en vos écrits la langue révérée,
Dans vos plus grands excès vous soit toujours sacrée;
En vain vous me frappez d'un son mélodieux,
Si le terme est impropre ou le tour vicieux:
Mon esprit n'admet point un pompeux barbarisme,
Ni d'un vers ampoulé l'orgueilleux solécisme.
Sans la langue, en un mot, l'auteur le plus divin
Est toujours, quoiqu'il fasse, un méchant écrivain.

BOILEAU.

Ce monde *sublunaire* est au regard de *l'homme*
Ce qu'est le firmament à l'œil de l'astronome;
Notre tête succombe avant de *définir*
Le champ illimité du possible avenir.

Sublunaire, étant inutile, est du remplissage. *Homme* n'est pas le mot propre; on pourrait conclure de ces vers que *homme* et *astronome* ne sont pas deux êtres de la même espèce : *vulgaire* est l'expression que le poëte eût dû employer. Au sens propre on ne dit pas *définir un champ*, par conséquent, *définir le champ de l'avenir* est une figure qui manque de justesse.

Les grands événements sont comme les comètes
Qui, courant dans le vide, en bonds désordonnés.

La marche des comètes est inégale, et non pas *désordonnée*; leur cours est si bien ordonné qu'on calcule d'une manière précise le temps qu'elles mettent à faire leur révolution : puis, quand elles courraient *en bonds désordonnés*, la comparaison serait encore très-mauvaise ; car *les grands événements ne courent point dans le vide en bonds désordonnés.*

Oui, le sort peut remettre *au pavois souverain*
Le fils...

Il y a deux fautes dans ce vers : le pavois est un grand bouclier sur lequel autrefois les Français portaient le roi qu'ils élisaient : on remet donc *sur le pavois* et non *au pavois*. On ne dit point *pavois souverain*.

Si tout à coup, changeant la face du royaume,
Surgissait à nos yeux *l'un ou l'autre fantôme*,
Empire ou république, il aurait pour renfort
Des mains qui frappent bien, des cœurs qui battent fort.

L'un ou l'autre fantôme est un très-mauvais hémistiche : en effet, suivant le poëte, les hommes auxquels il prodigue des éloges seraient tellement bornés, qu'ils se battraient pour un fantôme d'empire ou de république, c'est-à-dire pour un fantôme de gouvernement.

Combien de vieux amis, *au culte renaissant*,
Idolâtres martyrs, apporteraient leur sang !

Un seul fait se refuse à l'espérance humaine,
A lui seul le possible interdit son domaine :
Royaume, république, anarchie ou terreur,
Régime consulaire ou règne d'empereur,
Tout peut dans l'avenir ressaisir une chance,
Tout, hormis Henri-Cinq sur le trône de France.

L'idolâtre adore les idoles, le martyr meurt pour la foi : l'épithète *idolâtres* donnée à des martyrs n'est pas heureuse. On verse son sang pour la défense d'un culte; mais on *n'apporte pas son sang à un culte renaissant; un fait qui se refuse à l'espérance; le possible qui interdit son domaine à un fait*, est du mauvais français. *Humaine* est une cheville, puisqu'à l'homme seul appartient l'espérance. *Un royaume, la république, l'anarchie ou la terreur, un régime consulaire ou un règne d'empereur qui peuvent ressaisir une chance sur le trône de France*, n'est pas français; en effet, que signifie *un royaume qui peut ressaisir une chance sur un trône;* et quand il serait permis de s'exprimer ainsi, la phrase serait encore mal construite; on devrait dire : *Tout peut dans l'avenir ressaisir une chance sur le trône de France, tout, hormis Henri-Cinq*, et non pas : *Tout, hormis Henri-Cinq sur le trône de France.*

N'ont-ils donc jamais lu *leurs quarante ans d'histoire?*

On doit dire : *N'ont-ils donc jamais lu de leurs quarante ans l'histoire?* et non pas *leurs quarante ans d'histoire* : lire d'un règne l'histoire, est français; mais lire un règne d'histoire ne l'est pas.

Dites! quand au Dix-Août, Santerre et ses tambours
Poussaient au Carrousel le peuple des faubourgs;
Quand cinq cents Phocéens *arrivés de la veille*
Promenaient dans Paris le soleil de Marseille.

Poussaient, ainsi placé, est une expression impropre, attendu que le tambour *appelle* et ne *pousse pas*. *Arrivés de la veille*, est prosaïque ; *promener dans une ville le soleil d'une autre ville*, il est difficile de comprendre le poëte.

Lisait dans son chemin *l'hymne des agonies.*

Ce vers renferme deux fautes : d'abord, *l'hymne* loin d'être un chant funèbre, est un chant d'allégresse ; en second lieu, on dit *la prière des morts*, et non pas *la prière de la mort ;* par la même raison, si *hymne* était le mot propre, au lieu de dire *l'hymne des agonies*, on dirait *l'hymne des agonisants.*

Quand reparut la gloire, et que *l'exil amer*
Rouvrit sa porte-basse à Louis-d'Outre-mer.

L'exil amer rouvrit sa porte-basse à Louis-d'Outre-mer, voilà du galimatias.

Que faisiez-vous, enfin, *aux soixante-douze heures ?*

Aux soixante-douze heures n'est pas une bonne manière de désigner les journées de juillet.

Chemina lentement *la fourche dans les reins.*

Le dernier hémistiche de ce vers est trivial ; il ne pourrait être toléré que dans la bouche d'un valet de comédie.

Votre *vue abrutie.*

Quoique *vue* et *regard* semblent avoir beaucoup de rapport, on ne peut cependant pas employer ces deux mots indifféremment. *Regard fier, rude, farouche, terrible, menaçant, vif, etc.*, sont des expressions dont on peut se servir; mais il n'en est pas de même de *vue fière, rude, farouche, terrible, menaçante, vive, etc.* On dit *regard spirituel, regard abruti*, et non pas *vue spirituelle, vue abrutie.*

> Non, vous n'avez rien fait pour *les royautés veuves*,
> *L'histoire contre vous a quarante ans de preuves;*
> *Pour défendre leur vie ou leur trône, toujours*
> *Les rois ont rencontré des royalistes sourds.*

Un trône veuf, un trône vacant est français, parce que le trône existe indépendamment du roi; mais *royauté veuve, royauté vacante* ne l'est pas, attendu que la royauté étant la dignité de roi, il ne peut y avoir de royauté sans roi. *L'histoire n'a point de preuves contre quelqu'un; elle peut fournir des preuves. On n'est pas sourd pour défendre la vie ou le trône d'un roi; on peut être sourd à la voix d'un roi, lorsqu'il appelle pour défendre sa vie ou son trône.* Le poëte en négligeant la césure dans le troisième vers a péché contre les règles de l'art: *toujours* placé à la fin de ce troisième vers, et *les rois* par où commence le quatrième, est un enjambement qui produit un mauvais effet. Quoique l'enjambement appartienne à la poésie grecque et latine, cependant la nôtre permet de l'employer; mais le bon goût doit guider dans l'usage qu'on en fait. Il est à remarquer qu'il convient peu au rhythme du vers alexandrin; on doit plutôt le réserver pour les vers d'une mesure moins étendue. Malgré que le législateur du Parnasse ait dit sans faire d'exception:

> Les stances avec grâce apprirent à tomber
> Et le vers sur le vers n'osa plus enjamber

je pense qu'il serait trop rigoureux d'interdir l'usage de l'enjambement, surtout dans les petits vers.

Allez ! quand on a vu la dynastie errante
Depuis quatre-vingt-neuf jusqu'en mil huit cent trente,
Et que, pour lui sauver l'exil ou le bourreau,
Jamais on ne tira le glaive du fourreau,
Alors il faut se faire une justice prompte,
Il faut *cacher sa tête, ensevelir sa honte,*
Et dans le fond des cœurs, lacrymal réservoir,
Du retour des trois lis cadenasser l'espoir.

En critique indulgent je veux bien passer sous silence *cacher sa tête, ensevelir sa honte,* et ne parler que des deux derniers vers. Il est facile de s'apercevoir que M. Barthélemy a péniblement frappé sur l'enclume lorsqu'il a forgé le mauvais cadenas avec lequel nous devons, dit-il, *dans le fond des cœurs, lacrymal réservoir, du retour des trois lis cadenasser l'espoir.*

Quand le peuple marchait grand de toute sa taille,
Et que sous *son talon* qui couvrait mille arpents.

Donner *un talon* au peuple est étendre beaucoup trop la figure qui permet de le personnifier. Dans l'emploi des figures le bon goût seul pose les limites qui ne doivent pas être dépassées.

Ney fusillé par vous *devant l'Observatoire.*

Devant l'Observatoire est là seulement pour la rime : l'indication de ce lieu ne donne aucune force à l'accusation. Il n'en serait pas de même si Ney eût été fusillé soit devant la colonne, soit au Champ-de-Mars, soit devant l'arc-de-triomphe ; dans l'un de ces cas le poëte eût fait une faute s'il n'eût pas indiqué le lieu de l'exécution.

Brune, accusateur mort du comtat Venaissin;
Vallé, mâchant sa croix en montant *sur l'échelle.*

Le premier vers est obscur et par conséquent mauvais. On monte *à l'échelle* et l'on ne monte pas *sur l'échelle. Échelle* n'est pas le mot propre.

Tous ceux qu'assassina *le stylet de vos lois.*

On dit *le glaive de la loi,* mais on ne dit pas *le stylet des lois.*

Tous ceux dont le sang pur *non encore tiédi,*
Teint d'un sombre reflet les fleuves du midi.

Non encore tiédi n'est pas un bon hémistiche : il faut éviter la rencontre désagréable de ces syllabes *non en.* On peut dire d'un objet teint qu'*il jette un sombre reflet* ; mais on ne dira pas *teint d'un sombre reflet.*

Quoi! vous avez encore *une langue, une voix!*

Une langue, une voix est une répétition, puisque le poëte a voulu dire *vous parlez encore.*

Quoi! votre cause absurde, après tant de défaites,
Pour votre Éliacin trouve encore des prophètes!

Cette phrase n'est pas française : que signifie *une cause absurde qui trouve encore des prophètes pour quelqu'un ?*

Vous feignez d'ériger en *héros de batailles.*

On ne dit pas *héros de batailles; batailles* est là pour la rime.

Vous titillez l'oreille et les flancs du lion ;
Puis, si fronçant la peau de ses tempes *arides*,
Le lion vous écrase entre deux de ses rides.

Il s'en faut bien qu'*arides* soit l'épithète qui convienne aux tempes d'un lion. Le peuple a trop souvent prouvé qu'on peut le comparer à un lion furieux, même à un tigre ; mais *un lion qui écrase entre deux de ses rides ceux qui sont l'objet de son courroux* est une métaphore d'un mauvais goût.

Savez-vous *ce qu'il* faut *subir de rudes crises*
Pour qu'*à la fin*, un jour, vos plaintes soient permises ?
Il vous faut supporter pendant deux fois quinze ans
La censure, l'exil, les outrages *cuisants*.

A la place de *ce qu'il*, il faudrait *combien il*. *Subir de rudes crises*, style bas. *A la fin*, cheville qui sert à fournir la mesure du vers. *Il vous faut supporter* est aussi mauvais que *pendant deux fois quinze ans*. *Cuisants*, expression prosaïque ; le mot propre est *sanglants*. Ce n'est pas là de la poésie, c'est de la prose rampante, mesurée et rimée.

D'un double milliard indemnise Juillet.

On peut se servir du mot *double* pour désigner quelques pièces de monnaie, mais on ne doit pas l'employer pour désigner une somme : il n'est pas plus permis de dire *un double milliard* qu'*un double cent*, *un double mille*.

Il faut que *de nos maux le retour parallèle*
Impose à vos douleurs deux règnes d'un Villèle.

Le retour parallèle de nos maux n'est pas français. On peut imposer à un parti un roi qui lui cause de la douleur ; mais on n'*impose point un règne aux douleurs d'un parti.*

Sans *raidir sa colère,*
Bénissez chaque jour le *bras qui vous tolère.*

Ce vers et demi renferme trois fautes ; d'abord *raidir la colère* n'est pas français ; puis, on ne dit point *la colère d'un bras ;* enfin un bras ne *tolère* point, *il épargne.*

Et vous niez toujours vos désastres complets,
Comme un enfant boudeur qui joue aux osselets.

Cette comparaison est d'un très-mauvais goût ; elle fait voir l'embarras que le poëte a éprouvé pour trouver un mot qui rimât avec *complets.* Lorsqu'on s'aperçoit qu'un poëte a été gêné soit par la mesure, soit par la rime, ses vers ne sont pas bons.

La rime est une esclave, et ne doit qu'obéir.
BOILEAU.

Car, à défaut de bras, *votre esprit et vos vœux*
Bourraient la balle suisse et dirigeaient les feux.

L'esprit et les vœux qui bourraient la balle suisse et qui dirigeaient les feux, certes, voilà du très-mauvais français.

Ses cavaliers *portant la lance ou la cuirasse,*
Ses gendarmes *armés de pesants mousquetons,*
Ses rouges fantassins, *nés aux treize cantons.*

Il était inutile d'entrer dans le détail de l'armement des cavaliers. *Nés aux treize cantons* est un très-mauvais hémistiche : la Suisse est bien divisée en treize cantons, mais elle ne s'appelle pas *les treize cantons.* Pour désigner des soldats français, on ne dirait pas *des fantassins nés aux quatre-vingt-six départements ;* on pourrait dire *des fantassins nés dans le pays divisé en quatre-vingt-six départements :* cette manière de s'exprimer ne serait pas élégante, mais du moins elle serait française.

> *Votre avenir de règne est à jamais perdu ;*
> Laissez donc *au néant* ce messie attendu ;
> Oubliez l'avorton *d'une race abolie.*

Le poëte a voulu prédire aux partisans de Henri-Cinq que ce prince ne régnera jamais : il est permis de dire qu'*un parti doit perdre l'espoir de voir arriver au trône celui que ses vœux y appellent,* mais on s'exprime mal en disant d'un parti que *son avenir de règne est à jamais perdu.* On laisse *dans le néant* et non pas *au néant ;* On *abolit une loi, une coutume,* mais on *anéantit une race, une famille.*

> *Non que j'exige ici de votre foi récente*
> *Ce zèle corrosif, cette chaleur puissante,*
> *Ce feu des hommes purs, cette vertu des saints*
> *Que notre grand Juillet alluma dans nos seins.*

Non que j'exige ici, ici est inutile; cette cheville ne sert qu'à compléter la mesure du vers. *Zèle corrosif,* jamais le mot *corrosif* n'a été plus mal placé. *Non que j'exige de votre foi cette chaleur puissante, ce feu des hommes purs, cette vertu des saints* n'est pas français : le poëte aurait pu dire qu'il n'exigeait point de nous ces qualités ; mais il ne devait pas dire qu'il ne les exigeait point de notre foi ; en effet, que signifie *la foi qui n'a pas le feu des hommes purs, la vertu des saints. Le grand Juillet qui allume la vertu* est une mauvaise manière de s'exprimer. On allume la vertu *dans les cœurs* et non *dans les seins.* C'est avec peine que je relève ces dernières fautes, car je suis vraiment édifié d'entendre M. Barthélemy louer la vertu des saints.

On doit être surpris de rencontrer des fautes de français en si grand nombre, surtout lorsqu'on sait que la satire calomnieuse qui est l'objet de ces remarques ne se compose que de deux cent huit vers. Je crois avoir démontré qu'elle ne peut supporter l'examen sérieux du cabinet.

J'ai suivi dans plusieurs endroits le conseil que donne un poëte célèbre; voici comme s'exprime Voltaire : « Pour juger si des vers « sont mauvais, mettez-les en prose; si cette prose est incorrec- « te, les vers le sont. » Il ajoute : « Les vers doivent avoir la clar- « té, la pureté de la prose la plus correcte, et l'élégance, la force, « la hardiesse, l'harmonie de la poésie. » Ailleurs, voici comme il rend la même idée : « Les vers, pour être bons, doivent avoir tout « le mérite d'une prose parfaite, en s'élevant au-dessus d'elle « par le rhythme, la cadence, la mélodie et la sage hardiesse « des figures. » Ces passages me serviraient de justification, s'il se trouvait des personnes assez peu exigeantes pour m'accuser d'avoir été trop sévère dans quelques endroits.

Je termine par une réflexion générale sur la poésie. C'est avec raison qu'elle est appelée le langage des dieux : en effet, quel éclat et quelle force ne donne-t-elle pas aux productions du génie, lorsqu'on parvient à surmonter tous les obstacles dont elle est environnée! Et à quelle hauteur le poëte ne s'élève-t-il pas! Si je tourne mes regards vers les siècles qui viennent de s'écouler, je vois Corneille, Molière, Racine et Voltaire. Si je me promène dans les siècles de l'antiquité, je rencontre Homère, Sophocle, Euripide et Virgile : certes, voilà les hommes qui se sont présentés avec le plus d'éclat aux regards de la postérité ; je suis allé les chercher jusque sur le sommet du Parnasse ; je les ai choisis parmi ceux qui ont excellé dans l'un ou l'autre des deux genres qui réclament le plus vaste génie, l'épopée et le dramatique.

FIN.

www.ingramcontent.com/pod-product-compliance
Ingram Content Group UK Ltd.
Pitfield, Milton Keynes, MK11 3LW, UK
UKHW021009220726
13924UKWH00002B/931

9 782019 695989